KB110945

피의 현상학

예술가시선 15

피의 현상학

초판 1쇄 발행 2018년 6월 7일

저　자　허진아
발행인　한영예
펴낸곳　예술가

주　소　서울특별시 송파구 문정로13길 15-17, 201호
등　록　제2014-000085호
전　화　010-3268-3327
전자우편 kuenstler1@naver.com

ⓒ 허진아, 2018
ISBN 979-11-87081-09-8 03810

이 도서의 국립중앙도서관 출판예정도서목록(CIP)은 서지정보유통지원시스템 홈
페이지(http://seoji.nl.go.kr)와 국가자료공동목록시스템(http://www.nl.go.kr/
kolisnet)에서 이용하실 수 있습니다. (CIP제어번호 : CIP2018016251)

피의 현상학

허진아 시집

2018

詩人의 말

詩의 살을 한 겹 한 겹 떠내면 맑은 살 사이
보이는 시간들
하늘을 적시던 노을, 강을 훔치던 빛살과
상엿집에 떠돌던 빛색들
구름의 자유
죽음과 원색의 만장들

빛을 시라 하면
어둠이 빛을 드러내듯 아프고
告解라 하면 가벼움과 무거움의 이중성에 중독되어
홀로 감정의 끝에서 무너져야겠지요.

살아있는 것에 대한 예의로 시의 밤을 걸었습니다.
창에 들어온 소나무 1그루,
여리지만 강한 한 잎 한 잎의 인연을 오래 생각합니다.

내 피의 광장, 돌아가신 부모님께
첫 시집을 바칩니다.

2018년 봄
허진아

피의 현상학

차례

제3부

제1부

傳言[메시지]

　진눈깨비 순간 사라지다 시작과 끝, 有도 無도 아닌 有이며 無
인 눈 깜빡한 시간이다

　계기판 60Km는 관계의 적절한 거리를 말할까

　축의금과 조의금 어느 쪽이 무거운가

　至德祠 붉은 대문 위 감나무가 불길한 신호 같다

　교통사고 사망자수 3명, 인간은 왜 99% 확신보다 1% 불안에
끌리는가

　돌아가신 어머니 웃는 얼굴 생각나지 않아―마른 강바닥 자
갈이 뜨겁구나

　國思峰 나무들이 만 갈래 지느러미다

　한계를 넘으면 자유일까 표류일까

　살〔생〕 처분된 닭과 오리가 3000만을 넘었다

　우리는 우리를 안다고 말할 수 있는가

　인간이 알 수 없는 소리로 우는 생물이 있다면―진화는 인간
의 행복에 최적일지

　진눈깨비 맞는 이삿짐에 대해 묻지 말자

　터널 안, 무엇이 우리를 견디게 하는가

완벽한 生

벚꽃 진 지 오래지만 날씨 분분하다 개업 2달 만에
　문 닫은 카스텔라집이 공사 중이다
　형형색색 과일들이 제 방식으로 시드는 오후, 풍경이 그리다
만 그림 같다
　완벽한 생이 어떤 것일까
　검은 소파가 관 같다는 생각; 죽음이 진정한 휴식일지
　먼저 들어오고 먼저 나가는 소파의 무게; 생이 죽음의 부장품
일까
　반짝, 빛이 때린 건물이 크리스털이다
　흩어지는 빛 조각, 현실과 환상의 차이가 무엇인가
　기어코 버스를 세우는 여자와 머뭇거리는 꽃집 앞 남자; 생에
패착이 있을까
　복기하면 최선 아닌 순간 있었나
　깨진 보도블록이 민들레 키우고 매듭이 카펫 무늬 되듯
　그렇게 되려고 그렇게 된 것, 내가 아닌 적 있는가
　길가에서 채소를 파는 노인 졸고 있다
　바닥에 누운 구부정한 그림자
　"미안하다"로 빚을 청산한 사람처럼 마침내 죽음이 모든 걸

지우리니
　생은 무덤 속 한 줌 토우

　후회는 생에 대한 강한 긍정일까 지금 이 순간이 화룡점정
　그림의 완성일지
　빛 조각 박힌 나무가 성전이다

돌을 깨는 인류

아이들, 맨발의 무릎을 세우고 망치를 내려친다
돌이 빵이 되는 일──오래 전 神이 했던 일
경건하게 빵을 쪼갠다

애들아 네팔의 아이들이 돌을 깬단다 거긴 춥단다──돌 같은
손으로 입을 가리고 배시시 웃는 아이들,

비가 오면 주르르 돌산을 바라본다
허기를 때리는 비는 망치가 아닌데 왜 손가락이 아플까
손끝이 왜 허전할까

50만 년, 돌을 깨 세계를 연 인류
보이저 1호, 모차르트 '밤의 여왕'이 우주에 울려 퍼져도 돌을
깨는 인류
하루의 노동이 하루의 빵이 되는 인류

내일 비가 그칠 거예요──쭉 그래왔으니까요

빵이 내일의 희망, 내일로 살아 죽지 않는 아이들이 밤에 돌을
깬다

내일 비가 올지 몰라요——쭉 그래왔으니까요

비처럼 벗은 아이들이 별을 쪼갠다

화려한 외출

젊음이 번쩍이는 식당, 별개의 종족처럼 노인이 자장면을 먹
네
늙은 심장과 떨고 있는 손, 면발을 집는 모습이 얼마나 위대한
가/처량한가

창에 비친 낯설고 익숙한 얼굴을 들여다보며 먹을 수 있을 때
먹어야 한다는 듯 씹고 있는—저 거룩한 주름들

한때 몸을 움직이던 신념이 오기였을까 종일 하는 일이란—
징징대는 몸, 이쪽 몸으로 저쪽 몸을 달래는 것
온몸이 심장인 듯 달아날수록 조여오는 고통

몸이 소리친다—너는 나로 행복했으니 이제 나를 돌보라고

사과나무 아래 사랑과 사과 같은 자식이 있겠지만 누구도 대
신할 수 없는 것 눈을 떠도 시작되는 고통, 그러나 어쩌랴 오래
살았다는 증거니—묵묵히 견딜 뿐

너무 짧은 시간이었나 빈 그릇을 가만히 들여다보는 노인, 창 밖에 로켓배송 택배가 지나가고……

　입을 닦고 흡족한 듯 돌아보는, 검버섯이 환한 오후—식욕이 언제까지 그를 위로할까

머리카락메신저

쓰윽, 도마 위에, 사과 흰 속살 위에, 오랏줄처럼, 때에 전 목줄
처럼, 감쪽같이, 깔깔 웃으며, 막무가내로, "저 아시죠", 늘어진
하품으로, 떼쓰는 아이처럼, 단호하게, "아프지 않게 한 번에 죽
여줄게", 망나니 선심처럼, 간당간당하게, 쓰윽, 시치미 떼고, 불
쑥 기미 없이, 흰 쌀밥 위에, 케이크 위에, 거들먹거리며, "앞뒤
바뀌는 건 순간이죠", 연기처럼, 비밀로, 사뿐히, "별일 있겠어
요", 쓰윽, 들어와 확 펼치는, 소름 돋는, 서막이나 종막으로, 칼
자루 쥐고, 분신처럼, "준비하시죠"

生이 죽음보다 질겨 밥을 먹는다 목이 뎅겅뎅겅 잘려도 다시 살
아나는 머리처럼 쑤욱 쑤욱, 미역국을 먹는다 순간을 영원처럼

날씨가 좋아 잊기로 하자 모래시계를 거꾸로 놓고 그 말을 잊
기로 하자 오늘은 새 잎이 나기에 좋은 날, 벽에 남은 마지막
잎을 지우고 가벼워지기로 하자 날씨가 좋아 잊기로 하자 말
로 씻고 말로 자르고 말로 구운 고등어, 척수를 타고 머리로
오른다 뇌수에 박힌 비 릿한 말, 벽과 벽 사이
통곡이 된 말, 날씨가 날씨가 좋아 잊기로 한
다 햇살이 투명해 비우 고 싶은 날, 눈을 감고
흘러내리자 잊어버린 퍼즐 한 조각이 수상하고 그 말이 수상
하고, 나는 아직 퍼즐을 찾지 못하고 말을 버리지 못하고, 그
런데 그녀의 말이 날씨와 상관있을까 내일의 날씨는 내일의
일, 날씨가 좋아 오늘은 그 말을 잊기로 할까

중독

송곳니를 혀에 감추고 휘파람소리 들리기를 남은 음식 던져지길—스스로 뒹구는 자신의 털 뭉치가 놀라워라

차가운 목줄이 데워지고 사람 음식에 살이 찌는 동안 낮을수록 진하게 엉기는 냄새—바람을 잡고 있는 깃발이 놀라워라

어느 섬은 들개가 사람을 공격한다 하지만 순종하는 족속이라 흙빛으로 엎드린 채—꺾인 빛이 만든 환영이 놀라워라

공전하는 별처럼 빙빙 도는 꼬리의 예절 [한 획으로 사라지는 별똥별의 자유]

짖어라 질서가 무너지기를, 네가 밟지 못한 땅을 위해 짖어라
피를 토해 짖어라
네 목줄의 질김만큼 짖어라

짖어야지요 내가 짖는 소리가 누군가의 비명을 덮어쓴다면—
주인이 멀리 달아날 수 있도록 시간을 물어야지요

벽돌로 허리를 내려칠 때까지
목을 조를 때까지

ZONE*

다른 별이지. 다시 죽기 위해 돌아왔어. 거주금지구역만 한 자유로 숨을 쉬고 순서를 기다리지. 비대한 죽음이 사방에 있어. 죽음이 죽음으로 살이 찌지.

내일이 없지, 매일 죽음을 심고 캐. 새로 태어나는 거야. 빵을 굽고 잼을 만들고 울타리를 다시 세워. 죽음이 생을 움직이는 거지. 잠시 비껴갔을 뿐 우리는 오래 전 죽은 거야.

가장 두려운 건 고요야. 투명한 비닐에 싸여 우주를 떠돌거나 먼지가 되어 낯선 별에 내리는 느낌이지. 고요를 찢는 건 내 숨소리야. 생이 번쩍 눈을 뜨는 순간이지.

아무것도 몰랐고 여전히 모르지. 사람이지만 사람이 아닌 채, 땅 밑에 어떤 주검이 있는지 몰라. 녹슨 철탑 같은 바람, 깨진 창에 테이프를 붙이고 견디는 거야.

우리는 고아지. 잊었고 잊고 싶은 기억이야. 종일 무너지는 그림자를 바라봐. 멈춘 시계처럼 과거에 갇힌 거지. 시간을 끌어안고 서서히 사라지는 거야. 벗어나는 거야.

* 체르노빌 거주금지구역. 자발적 귀환자들이 살고 있음.

릭샤 가다

되새김질하는 소의 눈과 군중 가르며

이물처럼 바다 가르며

옷자락 한 올 만지지 않고

소가 뭉개놓은 소똥 하나 건드리지 않고

轉生인 듯

霧笛 고함 한 번 지르지 않고

시뮬레이션처럼

보지 않고 보는 千 개 눈으로 짐꾼들 그림자 한 개 밟지 않고

물웅덩이 구름 한 점 가리지 않고

시간의 축 되어

허투루 돌지 않는 千 개 바퀴살로

처녀항해인 듯

千 번 항해인 듯

바퀴자국 소리 하나 남기지 않고

왕의 여자들 위한 꽃무늬 창 지나 無想無念으로

근육질 돛 펄럭이며

빛이 되어

空인 듯 누워 있는 개 갈비뼈 하나 깨우지 않고

출발한 순서대로
묵언으로
이번 生이 우연이냐고
肯定하라고

나는 너를 원해*

잿빛 커튼 사이로 반짝이는 검은 공기, 그의 낡은 피아노가 무게를 견디고 있었고 한 쪽 벽에 걸린 회색 슈트, 주름이 검은 건반처럼 선명했다

그는 무엇에 갇혀 있었을까

책상 위에 한 묶음의 편지가 놓여있고[음악이거나 사랑이거나 어쩌면 저 슈트의 주름처럼 선명하리라] 악보가 널려있었다 날개 잃은 새처럼 파닥이는 음표들[잉크의 얼룩이 날개의 발자국이리라]

그는 무엇을 찾으려 했을까

흰 건반과 검은 건반이 삶과 죽음의 관계라면 그가 있던 곳이 어디쯤일까 압생트 저쪽의 세계, 건반의 흰색도 검은 색도 아닌 어느 가장자리 회색이었을지

그는 무엇을 견디고 있었을까

덧칠한 듯[후회거나 고백이거나] 벽이 무늬로 젖어있다 비걱
거리는 바닥은 낯선 방문자에 대한 경계일까 그의 부재를 확인
한 듯 공기가 조금씩 부서졌다

*에릭 사티Alfred Eric Leslie Satie: 수잔 발라동과 헤어진 뒤 27년 동안 누구도 그의
 방을 방문한 적 없었다.

테라스 신드롬

너는 너를 용서하고 나는 나를 용서하고 징표로 잎이 지지 않는 화분에 물을 주자

보이지 않는 뿌리가 우리의 믿음이라면 보색처럼 환하게 웃자

물이 떨어지는 화분을 이고 낭만적인 표정을 꺼내자

너는 너를 잊고 나는 나를 잊고 풍경이 되자

구름모양 차양 아래 멀미를 하자

깍지 낀 손가락마다 열 개의 달이 뜨고 열 개의 달이 지듯 반은 믿고 반은 버리자

떨어지는 운석의 눈으로 감정에 집중하자

자막과 자막 사이 일어서지 않는 예의로 뿌리의 긴 시간을 더

듬자

이국적으로 잎이 큰 식물의 그늘이 되자

나를 천 개로 쪼개자

기억의 역류

젖은 풍경이 왜 평면적일까? 사선으로 내리는 비를 오래 읽었다.

빅 이슈 표지에 아이돌이 스트라이프로 웃고 나는 긁었던 자리를 다시 긁었다. 열리지 않은 서랍은 조금 열린 채 두기로 했다.

진딧물을 잡다 마지막 자몽을 떨어뜨렸다. [서운하다와 홀가분하다 사이에 한참 서 있었다] 흰 꽃잎이 그림자로 누워있는 베란다, 아파트에서 잘 자라는 건 인간뿐이다.

손에서 빠지는 컵을 잡지 않았다. 가끔 잘못될 일이 궁금하다. 깨진 것이 더 아름다울 때가 있나보다.

어머니 기일을 간단히 지내자는 연락을 만지작거렸다. 간단이란 말이 얼마나 말랑한지—죽은 사람이 산 사람을 앞지를 수 없다.
꿈에 보이지 않는 어머니, 지옥이 없는 게 확실하다.

계단을 지나 창문을 지나 식탁에 내리는 비, 젖은 밥을 먹고 청소기를 돌리고 어제 입었던 옷을 다시 입었다.

우수관 역류에 대해 관리소 안내방송이 나오고 덜 마른 수건에서 냄새가 났다.

불협화음을 구별하기 힘든 시기다.

2부

선암사 無憂殿 가는 길

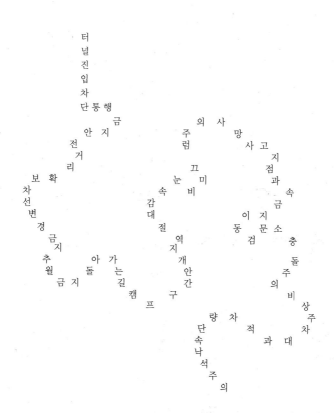

그림자에 누운 代價

'소 한 마리' 주문한다. 접시에 붉은 꽃으로 앉은 소 한 마리.

죽은 소를 내려놓고 빠르게 돌아가는 배, 소용돌이를 일으키며 강물 속으로 빨려 들어가는 소, 사방에서 검은 물고기 솟구친다. 한동안 갠지스 강이 조용하다. 그늘 없는 새 물위를 맴돌고.

쓰레기를 뒤지고 빗물을 핥고 밤이 되면 거리에 몸을 누인다. 달빛에 드러나는 소의 등은 환한 산맥.
눈에 비친 맑은 구름 하나, 거리를 바라보는 소의 눈이 무심하다. 바람에 뜨거워진 발굽. 푸른 빛 일렁이는 몸.

귀에 번호표를 달고 뿔이 잘리고,
일렬로 늘어선 소들이 먹이를 먹는다. 끊임없이 먹는다. 새끼를 어르고 연인을 부르던 혀가 먹이통을 핥는다. 부드러운 입맛을 위해.
금맥을 찾듯 입맛을 찾아 황금소가 되는 것. 무거운 몸으로 우리를 빙빙 돌며 주문처럼 되새기는 입맛. 귀를 적시는 번호표의 유혹.

　'길들이다'라는 순한 말, 접었다 폈다 하는 사이 스미는 냄새.
무거운 나뭇잎 멀리 날지 못하고 제 그림자에 눕는다. 흙을 파
고드는 냄새.

　소가 트럭을 오른다. 그림자를 따라 순하게 줄을 서서.

투얼 슬랭 박물관에서*

Don't make any noise; 아무도 말을 할 수 없다

사진속의 남자는 미라 같다 무릎을 안은 가슴은 검은 모래언덕, 녹빛일까 핏빛일까 벽과 바닥의 얼룩이 생각을 모서리로 몰고 발밑에서 쇠고랑이 일어선다 나의 흰 손과 理想은 불법이라고

탄력 없는 철 침대 쇠사슬과 고문도구들, 바닥의 타일은 얼마나 많은 피의 진동을 받아냈을까 침대의 길이에 맞춰 잘린 다리는 피아노를 치고 그림을 그린 대가

Please keep the line; 아무도 선을 넘을 수 없다

사진으로 덮여있는 무채색의 방, 나를 보는 눈동자 거미줄에 걸린 눈동자 빠져나오려는 눈동자 소리치는 눈동자 빙빙 도는 눈동자, 나는 태풍의 눈이다

그녀는 아이를 안고 드릴 앞에 앉아있다 두려움보다 더 아픈 그녀의 눈동자, 머리에 구멍을 내고서야 얻은 자유; 아이는 벽에 어떤 얼룩을 남겼을까

운동장에 교수대가 붉게 붉게

아무도 말을 하지 않았다; 출구에서 모두 선을 넘었다

* 폴포트 정권하에서 크메르 루주가 1975-1979년 사이에 반사회주의 사람들을 고문
하고 처형했던 장소. 여학교를 개조해 만든 이곳에서 1만 6천여 명을 학살함.

K빌딩

너는 산후조리원을 누르고 나는 요양병원을 눌렀지

요람에서 무덤까지 순간이었어

복도가 터널 같았지

모든 구멍을 닫았는지 간호사가 노인을 개키기 시작했어

팔다리를 접고 몸통을 접어 머리를 끼운 다음 지퍼 백에 넣었지

사이즈가 딱 맞는 구름 백

우리는 구멍의 죄수일까 간수일까

통유리에 네온사인이 꽃물처럼 번졌어; 저 빛을 외면할 수 있을지

학원 끝난 아이들이 봉고차에 개켜지고 취한 사람이 개켜진 채 넘친 생을 게우는; 生이 이미테이션일까

TV앞에 모인 노인들, 화면이 바뀔 때마다 있다 없는 얼굴이 뜬구름 같아

시트를 걷어내자 드러난 매트리스, 발가벗겨진 生이랄까; 매트리스에서 매트리스로 끝나는

노래방에서 나온 사람들 뭔가를 놓고 온 것 같아 잠깐 돌아보는, 나는 그걸 儀式이라 생각하지

노인이 막 터널을 빠져 나가고
목이 말랐어

백지공포
(베란다-첫날)

날 수 있을까. 새의 첫 비행은 무슨 색일까. 난간을 잡은 손이 미끄러지고, 바닥이 그림자를 더듬는다. 하얀 그림자.

홍해를 걷듯 하늘을 걸을 수 있을까. 날개를 펼 수 있을까. 목련이 휘고 사위는 희미한데 어디든 내디뎌야하는 발.

앞만 보고 갈 수 있을까. 손을 놓을 수 있을까. 난간을 따라 흐르는 숨소리. 입구도 출구도 없는 탑.

빛깔도 모양도 없이 던진 생각은 어디쯤 떠돌고 있을까. 다시 찾을 수 있을까. 하늘이 서서히 땅으로 내려오고 아득해지는 생각.

바람과 함께 몰려오는 기억, 젖은 날개로 날 수 있을까. 나를 놓을 수 있을까.

시베리아

지평선에 기댄 여자 얼굴 깊다 이쪽과 저쪽

창에 비친 저쪽 얼굴이 말하다 자작나무 밑동이 검은 건 여름
볕에 탄 상처라고

아이가 지루하게 자다 깨다

눈이 사진 속 남자처럼 바이칼 빛이다

젊었고 뜨거웠다고 그래서 추웠다고

돌아오면 안 되는데 갈 곳이 없었다고

아이의 발이 들꽃처럼 가벼웠다

달리는 자작나무 숲, 들여다보면 아픔 아닌 것이 있을까

눈썹 사이로 노을이 떨어지고 벽에 새긴 그림자―여자의 짧
은 여름일지

검게 빛나는 안가라 강, 바이칼에서 시작해 바이칼에서 끝난
다고

강이 얼면 시간이 멈춘다고

여자가 오래 저쪽 얼굴을 바라보다

견딜 수 있겠냐고

길이 없는 것이 길이라고

수요일

얼룩이 선명해 풍경이 다른 유리창을 겹쳐놓았다
달력에 표시한 기일과 생일이 팽팽하다

누가 젖은 손으로 말을 만졌다 水는 흐르는 물 위에 팔다리를
휘젓는 형상, 날개 없는 새처럼 발 없는 새처럼 흘러갔다 목이
말랐다

도서관 흰 벽 선명한 나무 그림자, 목련 꽃잎이 죽은 혀처럼
떨어졌다 갇힌 말들이 허기로 범람했다

이해한다는 건 나를 기울이는 것
모서리에 오래 서 있는 것

말을 사과처럼 나무에 매달았다 내린 비에서 사과향이 났다
(비와 사과는 공범자일까?) 연락이 와도 괜찮을 것 같다

나는 비로 잘 말랐고

시간은 지나온 시간을 지우고 소문처럼 가볍다 나는 얼룩을 닦는다 얼룩이 있기나 했을까

마른 것들은 노랗고 쉽게 부서지고 진열장 칼처럼 무디다 몸에서 사과향이 나서,

연두의 감정으로 아침을 맞는다

까마귀가 나는 밀밭*

사이프러스가 검게 타고 있었지요. 작업실 문을 두드렸지만 열리지 않았어요. 창문으로 들여다보니 당신이 코발트에 빠진 오렌지를 건져 올리고 있었지요.

당신을 향해 날아오는 까마귀 때문일까요. 길이 출렁이고 밀밭이 소란합니다. 검푸른 하늘이 몰려오고 당신이 밀밭 속으로 사라지고 있었죠.

창문을 세게 두드리자 아주 느리게 나를 바라봤지요. 순간, 나는 왜 복도 끝에 서 있는 당신을 생각했을까요. 총 소리와 함께 까마귀가 흩어지고 밀밭과 하늘이 비명을 질렀지요.

날아가는 까마귀에서 당신을 봤다면 믿을까요. 당신이 거기 있었지요. 광기가 끝난 걸까요. 추수하지 못한 미완성의 밀밭, 까마귀 바람 속 캔버스를 벗어나지 못합니다.

손을 잡아봅니다. 온통 밀밭입니다. 괴로움이란 살아있는 거라고 말하는 입술에서 엷은 미소를 봤다면 당신에게 위로가 될까요. 주머니에서 부치지 못한 당신의 편지를 읽어봅니다. "그런데 넌 뭘 바라는 것이냐?"

* 빈센트 반 고흐

라일락

―J시인에게

사랑에 빠진 시집 둥글다 모든 곳이 중심인 구름과자, 분홍빛
이빨이 심장에서 솟구치는

은밀하게 램프를 문지르는 시인 손가락이 무슨 빛일까

자신이 짠 그물에 갇힌 순한 말들을 봐 붉고 싶은 표지
내밀한 무늬, 단내 나는 페이지를 봐

한 페이지에 모든 페이지가 있는, 모든 페이지에 한 페이지가
있는, 가릴수록 드러나는 모슬린인가

순간을 위해 먼 길을 달린 연인처럼 설렘이 영원이라 생각했
는데

神이여, 열락 뒤 몰려오는 우울이 무엇인가
막막한 여백에 몸을 던져
단어가 단어를 넘어 왜 죽음으로 달려가는지

사랑이란 영혼과의 거래, 죽어서 죽지 않는 죽음일까

손 안의 시집이 처음 만져 본 새 같다
詩가 날개였을까
관계에서 관계로 건너가는, 언젠가 눈물 흘릴 일이지만 은밀
하게 빈 램프를 문질렀겠지

붉고 싶은 라일락이 올라오는 밤, 시인들이 죽기 위해 무엇으
로 영혼을 거래하는지

친절한 기록

금강석을 심은 풀잎모양 호신용 단도 槍을 타고 오르는 아라
베스크 감람석 덩굴 홍옥으로 손잡이를 장식한 사파이어 십자
무늬 장검 에메랄드 박힌 반달형 도끼

치명적인 상처를 위한 예술품; 匠人에게 神의 자비 있으라

금색 구름문양 은쟁반 사파이어를 중심으로 5개 진주를 꿰어
만든 바구니 수정을 뿌린 불꽃모양 은촛대[달빛 만찬용] 루비
박힌 석류모양 찻주전자와 오팔로 만든 물방울 포도주잔

식욕을 위한 치명적인 예술품; 匠人에게 神의 은총 있으라

회랑에 걸린 초상화—술 달린 거대한 모자와 금실로 짠 망토
를 두른 왕 1세 2세 3세… [튀어나온 배를 가리기에 망토만한
것이 있으랴] 장신구를 허리까지 늘어뜨린 흑요석 눈을 가진
여자들

무딘 칼과 창으로 이들을 지킨 시민에 대한 기록이 있는가

전쟁에 나갈 아들을 위한 마지막 수프를 끓인 여인은 어디 있
는가
匠人의 서명이 있을까
원석을 캔 노예 이름이 있기나 한지

한 장의 그림을 위한 수많은 스케치, 기록이란 배가 지나간 뒤
잔잔한 수면의 보고일지

검은 지평선

유리탑 안에 비린 꽃으로 피어 웅성거리고 눈 없는 눈이 벽에
대고 소리치고 부러진 다리는 톤레샵* 강을 건너지 못하고
　하악골이 없는 두개골, 망고를 씹고 미나리를 이기던 어금니
몇 개 시리고 조각난 머리 야자나무 그늘에 아리고

　신과 아수라가 우유바다를 저어 암리타를 만든 땅

　뼈를 파낸 구덩이들, 손을 묶고 눈을 가리고 발가벗기고 목을
자르고 바닥에서 구르는 눈 철조망에 걸린 눈 뒤에서 좇아오는
눈 몸을 파고드는 눈
　발부리의 옷 조각, 젖을 먹는 아이의 얼굴을 훔치고 연인을 안
고 자전거를 달리던 한 때의 꿈 깨진, 단추 하나 구름을 응시하
고

　탑 앞 모금함, 아무 생각 없는 소녀, 뒤척이는 원 달러 지폐
　먼지 속에서 버스가 달려오고, 나는 푸른 망고에 자꾸 침이 고
이고

[비통한] 눈물에 때가 말끔히 씻긴다고 믿으며 가뿐하게 진창
길로 되돌아온다

　　−위선자여−내 동류−내 형제여!**

* 캄보디아에 있는 강
** 보들레르『악의 꽃』에서

푸른색

붉은 국물이 보도를 점령했다. 국물 속 밥알과 라면, 밖으로 왜 쏟아졌을까. 지루한 이야기, 자신의 이면을 보았을까. 버렸던 기억이 되돌아 왔을까. 누구를 떠올렸을까.

붉은색을 건너뛰면서 본다. 푸른색,
불길한, 무엇일까.
푸른 것이 붉은 것들을 쏟게 했을까.

취한 그녀가 말을 쏟아낸다. 당의정 같은 푸른색—보이고 싶고 감추고 싶은, 기억하고 싶고 지우고 싶은,

그녀는 왜 내게 그 말을 했을까.
나는 버리고 싶었지만 그녀는 갖고 싶었을까.

그녀가 던진—너무 뜨거워 차가운.

드라마

 방문을 열자 바다가 쏟아진다. 시간의 어디쯤 머물고 있었는지. 바깥 공기가 해독할 수 없는 시간을 벽으로 밀자 식탁 밑에 웅크린 남자의 모습이 드러난다.

 손에 쥔 밥알 몇 개, 남자가 평생 씹은 것이 모래였을까. 모래를 끌고 다닌 몸이 바다였을까, 몸이 느꼈을 마지막 통증, 자궁을 빠져나오는 순간을 기억했을까.

 죽은 지 30일 정도, 지우기 위해 지은 이름이 지워진다. 식탁과 변기, 침대를 구걸했을 몸, 몸이 자랑하던 禮와 慈悲와 智識이 죽음을 어떤 방식으로 위로했을지.

 반쯤 열린 참치 캔, 남자가 다시 바다로 들어갔을까. 웅크린 채 또 다른 죽음을 준비하며 기억을 견디고 있을지. 3월 12일 3시 45분, 검시관이 '남자의 시간'을 종영한다.

한철 까마귀

한철 장사처럼 까마귀가 왔다 갔다. 파장된 시장은 폐기물로 가득했고 청소부들이 습관처럼 그것들을 치웠다. 누군가는 까마귀를 철새라 하고 누군가는 텃새라 주장하지만 대부분 생활에 골몰했다.

폐기물이 재활용과 폐품으로 분류되었다. 재활용은 공장으로 가 신제품이 되었고 폐품은 비탈을 메우거나 댐을 쌓을 매립지가 되었다.

철 지난 말들은 녹슬기 마련, 오래된 화장실 손잡이가 헐거워지듯 안이 드러났다. 매립지에서 나온 녹물이 강을 붉게 물들였고 시들해진 사람들이 강가에서 바람을 맞았다.

백화점 정기 바겐세일이 시작될 무렵 누군가의 번호가 흥정되고 소문이 피어올랐다. 벌겋게 내일을 꿈꾸는 사람들이 유세장으로 몰려가고,

거대한 거품구름 속에서 까마귀들이 쏟아졌다.

Doppelgänger

밀린 차에서 끝말잇기를 한다. 개나리어카메라디오디오디오디오디오…… 허공의 바퀴, 이 길은 왜 한쪽으로만 밀리는지. 가방을 움켜쥔 여자가 경찰서 회전문을 밀고 나온다. 그림자를 남기고 지하철 입구로 사라지는 여자.

여자가 왜 경찰서에 갔을까, 회전문을 돌게 했을까. 낯선 바람을 일으키는 도시가 여자를 헤매게 했을지도. 나는 여자를 따라 계단을 내려간다. 구두소리, 못질소리, 숨소리, 문 두드리는 소리, 여자의 어깨를 스친다. 전철을 타고 어둠속으로 멀어지는 나.

길이 바람 부는 쪽으로 꺾인다. 길이 길을 토하자 끊어질듯 이어지는 길, 머리카락 사이로 찢기는 길을 걷는다. 자물쇠의 붉은 대문, 왔던 길이다. 바람이 길을 토한다. 다시 길을 걷는다. 다시 올 바람을 따라 걷는다. 그 자리에서,

여자가 경찰서 회전문을 밀고 들어간다.
여자가 경찰서 회전문을 밀고 들어간다.

命名

해바라기가 해바라기로 죽는다 해피라는 개는 해피로 죽는다
해바라기는 해바라기로 다시 살고 해피는 해피로 죽었다

그는 어떤 병으로 죽을 것인가?*
죽음이 확실한 환자를 두고 의사가 모든 병명을 붙여본다

아이들은 命名된다
이름으로 구르고 뒤집고 일어선다
이름을 부르자 손을 번쩍 든다

아버지라 불렸던 사람들
아버지가 죽고 아버지로 살아나지만
손을 번쩍 들던 아버지, 아버지 이름으로 죽었다

울컥, 일어서는 이름
묻어라, 이름으로 관을 덮고 땅에 묻어라
한 줌의 애도로 유골함을 세우고 이름으로 봉하라

아파트

영락 공원, 死者의 땅, 입구에서 산 형광색 꽃, 저 세상 이리 황홀할까. 시들지 않는.

검색하는 '경건하시오' 표지판, 기억하라는 뜻일까, 기억한다는 뜻일까, 집집마다 눈부신 꽃들.

한 집에 열두 개의 방, 시계방향으로 읽는 명패, 서정현, 서길언, 정귀순 입주했다. 비어있는 방 아홉 개를 읽는다. 다섯 번째 허진아, 순서대로 입주할 수 있을지.

이름 없는 네 개의 방, 허진아 이사할 수 있고, 다른 여자 입주할 수 있고.

집터가 좋다고, 경치가 끝내준다고 활짝 웃는, 선착순 분양에 발 빠른 어머니, 조상 덕이라고, 봉분을 쓰다듬는.

사진을 들고 올라오는 사람들, 눈에 익은 얼굴들, 웃고 있는 사진 속 나, 나를 보는 나.

피는 물보다 진해서 곁에 두고 있을까. 기억되고 싶어 집을 지키려는 약속일까.

과일을 깎고, 술잔을 채우고, 서로의 입맛을 아는 진득한 피로
음식을 나누고, 긴 안부를 묻는.

푸시킨자리

사람이 다른 시간의 별이라면 서로를 이어주는 게 무엇일까요 우리는 특별한 체험을 했어요 푸시킨 탄생 200년 되는 해*
《예브게니 오네긴》을 릴레이로 암기했죠

　—그가 쳐놓은 올가미란 대단했지
　—경박한 비너스가 남장을 하고서

거리는 수많은 오네긴으로 넘치죠 빵을 굽고 거리를 청소하고 무언가 되려고 전차를 타죠 기관사가 다음 문장을 이었고 우리는 타티야나가 되죠

　—어쩌면 이 모든 것이 부질없는 짓, 순진한 영혼의 미망일지 몰라

사랑이란 거품으로 된 거푸집, 있는 것도 없는 것도 아니죠 문장이 라도가 호수를 건너는 사이, 소년이 말을 잇죠 잊지 않으려는 듯 기억하려는 듯

—(…) 미숙함이 재앙을 초래한다오

기쁨과 슬픔이 한 몸이듯 남는 건 아무것도 없죠 허무한 충만
이랄까요 우리는 오네긴이며 동시에 타티야나가 되죠 우리 안
에서 그들이 잃어버린 것을 찾는 거죠

—그렇다! 무덤 저편에서 우릴 기다리는 건 무심한 망각이다
—그리고 너, 나의 진실한 이상이여 안녕

푸시킨 생일, 마지막 문장으로 오네긴을 보냅니다 389연
5446줄, 문장을 이으면 별자리가 되죠 지상에 뜬 별, 우리는 '푸
시킨자리'라 부릅니다 이 詩의 제목인가요

* 1999년

아라베스크 카펫

그대의 문지방이 아니라면 이 세상 어느 곳에 내 쉴 곳 있으리오.

그대의 문이 아니라면 이 세상 어느 곳에 내 누울 곳 있으리오.*

당신은 가장 싸구려 방에 기거하셨군요.** 공포와 두려움으로 창백한 얼굴, 뻣뻣한 손마디, 미끄러지는 생각을 내려놓고 이제 왕처럼 몸을 풀어요. 중앙의 꽃불 무늬에 앉아 잿빛 같은 시간을 불에 던지고,

달고 슬픈 이야기, 열려 있지만 갇힌 이야기, 긴밀하지만 느슨한 이야기, 죽은 자와 산 자의 약속 같은 이야기, 생의 비밀 같지만 시간의 먼지 같은 이야기, 돌고 돌아 다시 오는 시뮬라크르 같은 이야기, 낯설지만 낡은 창조와 파괴의 이야기, 보실래요?

노예가 왕이 되어 스스로 빛나는 곳, 가능하지 않은 일이 가능한 곳, 팔베개 하고 물 담배 피우실래요. 씨실과 날실의 매듭이 무늬가 되듯 서성거린 당신 발자국이 정원이 되는 곳, 꿈속의 꿈,

부드러운 잠 같은 곳,

눈감고 시집을 펼쳐 당신의 운명을 알아보실래요?

* 이란의 시인 하피즈 시에서
** 이란의 시인 하피즈 시에서

축제

한번 놓친 리듬, 헛소리처럼 팔다리를 휘젓는다. 숨이 멎을 것
같은데 월반하라네. 흔적 없이 밀려오니 밀려가라네.

햇살이 반짝이는 생이라 생각했다.
은빛 리듬이라 생각했다.
날 수 있구나 했다.
투명한 허구다.

감각 없는 팔다리, 휘젓는 것이 대가라면 언젠가 마지막 레인
에서 가라앉겠지. 기억이 빠져나가고 서서히 껍데기가 되겠지.
　부유하는, 잠깐 빛으로 혼곤한,

꽃상여 검은 나비, 하프—하얀 연인들, 핏자국—화선지의 실핏
줄, 붉은 바람—아네모네, 질투—노란 키스, 청람색 넥타이—4월
의 사선, 날리는 벚꽃—푸른 심장, 눈 내리는 눈, 검은 눈

바닥에 누워 일렁이는 빛을 바라보겠지. 까맣게 흩어지겠지.
물이 되겠지.

어느 레인에서 부딪혀 잠시 반짝이겠지.

다시 누군가 뛰어들겠지.

3부

자유정원

꽃이 혼자 피었다 진다 물푸레나무는 물푸레나무로 소나무는
소나무로 산벚꽃나무는 산벚꽃나무로,

만 개의 꽃잎이 만 개의 형식 만 개의 내용으로 피었다 진다

바람 불면 흔들린다 물푸레나무는 물푸레나무로 소나무는 소
나무로 산벚꽃나무는 산벚꽃나무로,

만 개의 잎사귀가 만 개의 형식 만 개의 내용으로 흔들린다

수많은 당신이 있다 당신은 만 년을 걸어 이제 막 보여주는
풍경, 새가 새의 색으로 나비가 나비의 색으로 꽃과 꽃 사이를
난다 바람에 흔들리나 꺾이지 않는 당신은,

만 개의 형식 만 개의 내용으로 쏟아지는 자유다

포르말린에 담긴 심해어는 무슨 뜻일까

전복된 트럭에서 과일이 쏟아지다
나를 낭비하다

다친 곳을 다시 다칠 때 아픔보다 더 아픈 것이 밀려오는데,
아픈 곳이 서러워 웃는 것처럼 웃어도 울음에 가까운—얼룩은
왜 이미지로 남아 지워지지 않는지

감정이 보푸라기처럼 일어나는데

어떻게든 오늘이 간다고
구겨진 채 젖은 말도 마른다고 허공에 '괜찮아'를 쓰는 시늉
으로 하루를 터는데
손이 손을 놓친 것처럼 아득해서……

허투루 넘어지다

눈을 감아도 눈꺼풀 안과 밖을 넘나드는 비문, 시시한 말은 시
시해서 바늘방석 같을까

꽃말이 꽃의 통점일까

망가져야 고요가 온다고 하루가 추락하다

밧줄을 놓친 사람처럼 쓸려가다

피의 현상학

나보다 먼저 거울에 있는 나는 누굴까

비밀은 피야 피를 읽을 줄 알아야 해, 피에는 비어있는 페이지가 없지*

불안으로 꽃을 세는 건 슬픔 쪽으로 흐르는 피 때문일까 하나, 둘, 셋…… 시간의 멍 자국, 재스민 보라를 오래 쓰다듬다

행운목이 있는 곳 세상 안일까 바깥일까 행운이 운명이라면 내 피의 대가 누구에게 물어야 하나 나를 싸고 있는 시간들, 이 슬픔 내 것일까

내 피에 펄펄 살아있는 페이지[내가 선택하지 않은 페이지], 나는 나를 안다고 말할 수 있을지

시간이 몇 번 돌아 여기 있나 수많은 생일과 기일로 짠 무늬를 이번 生이라 할까 10년 100년 1000년 알 수 없는 시간을 지금 이 순간이라 할까

누군가 이곳에서 지는 꽃을 세고 비명 같은 새끼발가락으로
피를 읽었겠지 첨삭하며 속삭였을까 "우리가 너야"

　두통이 어느 페이지에 있나 불면은 어느 페이지 첨삭인가
　피로 살다 피로 죽는 것, 이걸 운명이라 해야 하나

　내 피에 어떤 세리머니를 더할까

* 릴케 『말테의 수기』

불면-수직의 잠

내가 나를 감시하는 원형 감옥, 수정궁—빛에 갇힌 눈
천 개의 방마다 천 개의 등을 켜다
천 개의 의식으로 천 개의 몸을 뒤척이다

백일몽의
뫼비우스 산책

가리키는 남자*

질문이 질문을 물어 답 없는 것이 무엇인지 쪼그라지지도 터지
지도 않는 허구렁 같은 것이 무엇인지 양손에 들고 입에 물어
도 허기진, 그 허기를 뒤집어 쓴 꿈이 무엇인지

멀리 있는 것이 선명한, 경계 너머 기웃대는 의심이 무엇인지
너는 내가 아니라 너일 수 없는 나를 부정하는 긍정이 무엇인
지 나보다 먼저 달린 환영 같은 것이 무엇인지

점프 점프하는 것, 내가 내 목을 다는 헝거게임이 무엇인지 나
를 밟고 내가 솟구치는 浮沈이 무엇인지 시작도 끝도 없이 빙빙
도는 자유와 구속, 두 얼굴이 무엇인지 이 소용돌이가 무엇인지

* 자코메티

回

三月이 져가는 날 붉은 피같이도 쏟아져 내리는 저기 저 꽃잎 나 보기가 역겨워 가실 때에는 영변에 약산 진달래꽃 아름 따다 가실 길에 뿌리오리니 가도 아주 가지는 안노라시던 그런 약속이 있었겠지만 가도 아주 가지는 안노라심은 굳이 잊지 말라는 부 탁이지만 나 보기가 역겨워 가실 때에는 가시는 걸음걸음 놓 인 그 꽃을 사뿐히 즈려밟고 가시옵소 서 사노라면 잊힐 날 있으리니 못 잊어도 더러는 잊히오리니 어제도 오늘도 아니 못 잊나니 나보기가 역겨워 가실 때에는 말없이 고이 보내드리우리니 마음에 남은 말 끝내 하지 못하고 애달피 三月의 고운 비는 그어 와 지는 꽃을 속없이 느끼나니 속없이 우나니 나보기가 역겨워 가실 때에는 죽어도 아니 눈물 흘리우리다

나르콜렙시*

깨어 있음은 꿈꾸지 않음을 꿈꾸는
또 하나의 꿈이라는 것을 느끼는 것.
　　　　　　　　　　—보르헤스

　내가 불타고 있다 내가 왜 타고 있지 아직 잠 속인가 다시 잠
을 자다 깨니 샤워하고 있다 불이 아니라 붉은 수증기였구나
일어나야 되는데 누가 나를 묶었나 다시 잠을 자다 깨니 꽃밭
이다 수증기가 아니라 붉은 꽃이었구나 꽃을 만지려는데 손가
락이 부러지고 부러진 손가락을 잡으려는데 손목이 부러지고
다시 잠을 자다 깨니 검은 바다다 이마에 불을 켜고 밀려오는
파도 꽃이 아니라 달빛에 부서지는 파도였구나 다시 잠을 자다
깨니 커튼속이다 파도가 아니고 달빛에 흔들리는 커튼인데 붉
은 커튼 사이로 사라졌다 나타났다 하는 나는 어디 있지

　앉았다 일어선 자리처럼 잠깐 깬 시간이 환영일까 잠 속의 잠
일까 깨지 않는 잠에서 꾸는 푸른 낙엽 같은 욕망일까 누가 불
을 붙이나 나를 잡아줘 밀랍 같은 눈을 감겨줘

　내 안의 중력으로 떨어지는 허공의 가면 같은

얼굴

익숙한 얼굴이다―얼굴에 숨은 얼굴이다―얼굴에 중독된 얼굴
이다―확 문질러버리고 싶은 얼굴이다―다른 얼굴로 달아나는
얼굴이다―안에서 무너지는 얼굴이다―밥풀 몇 개 붙여주고 싶
은 얼굴이다―딸꾹, 체기로 죽은 언니의 얼굴이다―이러지도
저러지도 못하는 얼굴이다―알리바이 얼굴이다―얼굴인 척하
는 얼굴이다―추락하는 얼굴이다―한계를 벗어난 얼굴이다―
구멍이 구멍으로 빠지는 얼굴이다―안과 밖이 뒤바뀐 얼굴이
다―알레고리 얼굴이다―모든 문장에 걸린 얼굴이다―얼굴이
낳은 얼굴이다―사라진 얼굴을 찾고 있는 얼굴이다―누군가 숨
어있는 얼굴이다―두 사람이 겹쳐있는 얼굴이다―유혹당한 얼
굴이다―얼굴에 질질 끌려가는 얼굴이다―모서리 같은 얼굴이
다―갈기갈기 찢긴 얼굴이다―발등을 찧고 싶은 얼굴이다―구
멍이 야합하는 얼굴이다―짜깁기한 얼굴이다―시간을 콜라주
한 얼굴이다―기억으로 퉁퉁 불은 얼굴이다―녹슨 스테이플러
의 얼굴이다―이면지에 그린 얼굴이다―길을 잃은 얼굴이다―
얼굴이 얼굴을 뜯어먹는 얼굴이다―박제된 얼굴이다―거울을
의심하는 얼굴이다―거울을 깨고 싶은 얼굴이다―얼굴을 버리
고 싶은 얼굴이다―얼굴이 없는 얼굴이다―텅 빈 얼굴이다

다렐에게*

　너의 숨소리가 나를 벤다. 검은 입술, 귀를 대고 기억을 부르
자 그림자 축축하다. 잠깐 열었다 닫는 붉은 눈꺼풀, 손을 잡아
도 너는 그림처럼 조용하다.

　너의 숨소리를 어떻게 그리고 빛이 없는 얼굴을 무슨 색으로
칠할까. 벽마다 끈적이는 고통을 어디에 그리고 어떤 색으로 기
억할까. 내 캔버스의 어디쯤에 너를 놓을까.

　물고기처럼 누운 너, 침대에서 자라고 사랑하고 죽어가고, 어
쩌면 우리는 침대의 높이만큼 두려웠을지도. 차를 끓이고 내 얼
굴을 쓰다듬던 손, 떨어진다.

　네가 없는 침대를 그린다. 벽에 붙은 숨소리를 하얗게 칠하고
너의 무게만큼 베개와 시트를 하얗게 칠한다. 너를 안아 침대에
누이고 담요를 하얗게 칠한다. 마지막으로 1915년 1월 24일 페
르디난트 호들러라고 쓴다.

　여전히 뻐끔거리는 입술, 눈꺼풀이 열릴 때까지 나는 너를 바

라본다.

다렐, 죽는 것과 사는 것 무엇이 더 가볍니.
침대에 누워 네가 남긴 죽음의 부스러기를 만진다.

* 페르디난트 호들러Ferdinand Hodler의 <암으로 죽어가는 발렌틴 고데 다렐>
  1915년, 캔버스에 유채.

푸른 사과

사과밭을 찾았습니다. 사과는 아직 푸른색, 잎과 사과를 구별할 수 없지만 잘 익은 사과가 떨어지길 바라며 우리는 사과의 둥근 면을 걸었습니다.

익는다는 건 단맛과 신맛을 구별하지 않는 것, 둥글게 돌아 다시 제자리에 서는 건데 사랑하기에 용서하고 사랑하기에 용서할 수 없었을까 우리는 사과 두 쪽처럼,

벤치 양 끝에 앉았습니다.

시간을 펼치면 겹칠 수 있는 거리, 말이 둥글어질 수 있는 거리, 사과를 만지듯 무릎을 만지며 가지에서 가지로 날아가는 새의 곡선을 오래 바라보지만,

사과는 아직 푸른색.

침묵이 말의 뼈일까. 벤치에는 맞출 수 없는 말들이 쌓여가고 너는 너의 자세로 나는 나의 자세로 견디는데 푸른 사과가 떨

어져 구릅니다. 푸른 심장처럼,

어느 투자자의 期待

백설공주가 7명의 난쟁이와 논다. 날마다 난쟁이를 바꾼다면
매년 7×6×6×6×6×6×6×6×6×6×6⋯⋯⋯⋯⋯⋯⋯⋯⋯⋯⋯⋯⋯⋯
⋯⋯⋯⋯(7×6^{364})기회로 백설공주 영원히 백설공주로 산다.

* 두 사람 중 한 사람이 두 개의 사과를 먹는다면 평균적으로 한 사람이
한 개의 사과를 먹는 것이다.

휴먼피쉬

남자가 물고기처럼 누워있다. 잘못된 지느러미일까. 팔 하나가 빠져나와 허공에 흔들린다. 가끔 소파에 귀를 대고 자신의 숨을 확인한다.

시간과 시간의 틈을 본 듯 낯선 풍경에 놀라는 남자, 빛이 두렵다. 놓친 시간만큼 낡아가는 소파, 뒤척이는 몸의 중심에 따라 출렁인다.

소파가 바다였을까. 남자가 30억 년 전 물빛을 찾아 바다로 가고 있는 중일지. 심해 눈먼 물고기로 무엇을 찾고 싶을까.

석양이 거실을 파고든다. 어둠이 빛을 천천히 베어 문다. 남자의 몸이 가라앉는지 소파가 부풀어 오른다. 캄캄한 거실에 붉은 소파가 둥둥 떠 있다.

현관문을 닫고 계단을 내려가는 남자가 물빛이다. 발자국마다 물이 흥건하다. 어둠 속, 출근하는 남자의 뒤를 은빛 물고기 한 마리 따라간다.

Blue Composition

머리가 심장 이해할까 왼손 오른손 기억 같다면 멋쩍은 손을 잡고 실없이 웃지 않을 텐데

말하는 사이 두 눈 어느 풍경에 놓여있나 어쩌면 강 이쪽저쪽 서로 다른 시간 헤맬지

열 손가락 같은 마음일까 열 개의 계절 열 개의 색으로 서로 다른 생각 중일지

'파'에서 반복되는 실수, '파' 위의 검지는 어떤 소리에 갇혀있는가 걸어도 걷지 않는 발은 어느 땅에 있나

아픈 목 대신 어느 기관이 목소리 줄 수 있나 쓰린 위는 쓰린 위, 부러진 발가락은 부러진 발가락—아! 절뚝대는 몸이여

차가운 손, 뜨거운 발, 이웃이라는 *STRANGER*—나는 너를 몰라
귀는 귀로 울고

혀는 혀로 울고

고아원에 누운 아이처럼 등이 가슴 될 수 없네

수정의 밤* die Kristallnacht

누군가, 너는 너라서 죄라며 얼굴을 쳤다
배와 가슴뼈를 걷어차고 누군가,
달아나는 손을 짓이기며 마지막 나의 말에 가래침을 뱉었다
통증마다 누군가의 욕설이 꽂혔다

나는 보았다 불빛에 빛나는 가래침을, 보석처럼 터지는 수천
개의 유리 그 속의 황홀한 장밋빛 입술과 웃음을, 제물을 앞에
둔 축제를

썩지 않은 나뭇잎이 번들거렸다
어둠이 맹목적으로 반짝였다
호루라기 소리에 검은 새들이 하늘을 덮었다

커튼 사이로 열차가 지나가고 셔츠의 단추가 떨어졌다 아이
들의 식탁에 검은 우유**가 배달되었다

* 1938년 11월 유대인 청년이 독일 대사관 직원을 암살한 이유로 독일인이 유대인 상점과 교회, 주택에 불을 지르고 체포한 사건. 홀로코스트의 시작.

** 새벽의 검은 우유 우리는 그것을 저녁에 마신다/ 우리는 그것을 저녁에 마시고 아침에 마신다 우리는 그것을 밤에 마신다/ 우리는 마시고 또 마신다/ […] —파울 첼란(1920-1970), 「죽음의 푸가」에서.

遭遇

여자가 보고 있다 누군가를 닮았다
루주를 바르는 새끼손가락 가늘게 떤다
타이어자국처럼 불안한 색

분화구 같은 입에 솜을 밀어 넣자 솟아나는 검은 입술, 염장이
는 분홍색 루주를 바른다 본적 없는 저 빛깔, 색을 삼킨 기운이
수의 위를 돌고, 흐르는 눈물 뒤로 조여드는 얼굴, 고개를 숙인
채 '죽음이 무섭지 않네' 여음에서 빠져나오네

입술을 닦아도 거울 속 여자가 그 빛깔이다
입술 사이로 보이는 이
밤마다 토해 유리컵에 담기던 이, 입술을 오그리자
목구멍에서 올라오는 솜

내 손에 쥐어진 번호표
오른손을 내밀자 여자가 왼손을 내민다
익숙한 체온, 손을 잡아당기자 여자가 나에게 들어오고
거울에는 또 다른 여자가 있네

4부

수난시대 I , 하드보드

통유리에 들어 온 아파트가 城이다 벌이 기어이 죄를 찾듯 살아있는 이유라고 검은 해가 뜬다 창마다 無心이 번쩍이고 목이 긴 행운목이 우두커니 낯설다

방향과 높이가 달라도 책들이 가리키는 곳은 한 곳, 무게를 견디는 사물에게 침묵하자 휜 나무를 배경으로 소파 위 쿠션이 낭만이다 성배를 찾는 기사처럼 존재 이유를 찾는 중일지

성 밖에서 성 안[죽음 밖에서 죽음 안]에 갇힌 몸—오류를 알고 태어난 생명이 있을까 솟구친 해가 아파트를 두 쪽으로 가르자 어두운 곳이 더 빛난다

한쪽이 허물어지면 다른 한쪽이 단단해질까 풍경을 흔드는 건 미처 떨어지지 못한 나뭇잎, 죽음이 죽음을 밀고 간다 제문을 읽듯 다시 하루를 견디자

수난시대 II, 그날 내가 그 말을 했다면
그녀의 운명을 1% 옮길 수 있었을지

예행 없이 단번에 내려치길 바라던 시인이 죽었다
질긴 생을 들킨 듯 서둘러 마지막 블록을 깼다

바로 죽는 것이 가장 나쁘고 언젠가 죽는 것이 다음 나쁜 것*
이라는 어느 민족처럼
생의 끝까지 고통을 기쁨으로 변주해야 했는데
더는 참을 수 없다고
집, 병원, 요양원의 그린마일 수순을 '너나 먹어라'**
던지고 건너뛰었다
꿈꾸듯 생을 붙잡을 수 없었을까
詩로 견딜 수 없었는지
몸이 환영이라고
빨리 끝내는 게 가장 좋은 일이라고
아무 일도 아니란 듯 뒷짐 지고 돌아섰다

몸을 위해 몸을 혹사했던 시인,
몸에서 빠져 나왔을까
몸으로 끝났을까

한준이*

고향에 갔다 생각한다
모란이 덜 피어 기다린다고
반만 피어 반을 더 있다 온다고
그 반은 아득하다고
어쩌면 반의 반이 될지 모르나 반의 반이 더 아득하다고
봄도 아프다고
상심이 깊어 봄이 더디 온다고
꽃무덤 속에 잠시 쉰다고
꽃으로 너도 쉰다고
서운해 쉰다고
더듬더듬 너를 기다릴 수 있다면
봄을 건너 오뉴월 볕에 내 눈 찔려도 좋겠지만
모란마저 없다면 너도 없으니
삼백예순날 섭섭하라고
아직 기다리라고
살아있으라고

* 전남 강진 출생. 수리샘문학회 회원. 암으로 사망.

뿌리는 어둠으로 자란다, 붉은 그림자

기억이 뒤척이네, 검은 건반에서

붉은 꽃 무더기 보네 꽃보다 먼저 오는 그림자, 젖어있는 꽃 진 자리 노을의 노래 듣네 자맥질하는 오리의 박동, 창백한 기침, 끌려가는 소리
붉은 땅에 눕네 가고 오는 소리, 불꽃놀이 후 적막

붉은 것이 이리 아픈지 몸 속 내시경을 보며 알았네 빛이 다른 시간, 살기 위해 넘긴 물, 바람, 산이 온통 거기 붉게 살아 있었네 서로를 밀착시켜 따뜻하게
마지막 고함으로, 최후의 파닥거림으로, 낫지 않은 상처로

붉은색, 정상의 깃발, 진한 땀 냄새, 벼랑 끝 시위

기억이 왜 아픈지, 마음이 왜 기억의 열로 앓아야 하는지 알겠네 보고 듣고 만진 붉은 기억, 몸의 기억을

기억이 뒤척이네 붉은 눈, 검은 건반 위에서

고소장

할 수 있는 건 무너지는 우리를 바라보는 일이었죠. 아침이면
죽은 사람들을 공동묘지로 날랐지요. 그 가벼움이란⋯ 죽는다
는 게 감기 같았어요. 빵을 더 작게 잘라야 했지요. 굶어죽는 것
보다 더 치욕적인 것이 있을까요. 드러나는 뼈를 보며 종일 벗
고 있다는 생각에 끔찍했죠. 사망자 64만 9000명, 97퍼센트가
말라 죽었으니 단테의 지옥이 따로 없었지요. 神을 닮았다는 인
간, 그 인간을 창조한 神을 고소합니다. 여기 11살 소녀 수첩일
기 9장을 증거물로 제출하는 바입니다. 마지막 한 장 토마스 밀
러는 제가 '하루' 덧붙인 거구요.

<증거물>

순번	증거	소유자
1	1941년 12월 28일 아침 12시 30분 언니 제냐가 죽었다	타냐 샤비체바
2	1942년 1월 25일 낮 3시 할머니가 죽었다	〃
3	1942년 3월 17일 아침 5시 오빠 레카가 죽었다	〃
4	1942년 4월 13일 밤 2시 삼촌 바샤가 죽었다	〃
5	1942년 5월 10일 낮 4시 삼촌 레샤가 죽었다	〃
6	1942년 5월 13일 아침 7시 30분 엄마가 죽었다	〃

7	사비체바 사람들이 죽었다	〃
8	모두 죽었다	〃
9	타냐 혼자 남았다	〃
10	1944년 7월 1일 [눈이 먼] 타냐가 죽었다	토마스 밀러

* 독일군이 레닌그라드를 포위함(1941년 9월 8일~1944년 1월 27일). 역사는 '레닌그
라드 900일 봉쇄'라고 命名함.

밀레니엄

저녁이면 시들 꽃 한창이다, 향기에 취한 죄 없는 꽃
男子 들어와 꽃 고르다
어떤 꽃을 고를까
男子 꽃 고르고 女子 다듬다
가시 가리고 크기 가르고

초조한 죄 없는 꽃
女子 포장하고
男子 지갑 열어 지폐 꺼내다
男子 지폐 접다
접었다 펼쳤다 다시 접어 女子에게 건네다
女子 천천히 지폐 펴는 사이
향기 시들고 꽃 시들고

저녁이면 시들 꽃 한창이다, 향기에 취한 죄 없는 꽃
男子 들어와 꽃 고르다
어떤 꽃을 고를까

낙타, 푸른 모래의 노래

의식과 함께 멀어지는 발자국, 옆으로 눕는다. 하얀 모래언덕, 무덤이다. 눈썹 사이로 하나이며 전부인 모래가 흐른다.

기억할 의무가 없는 모래, 서서히 나를 지우고 어느 날 불쑥 하얗게 토해 낼까. 어미의 젖을 빨수록 깊었던 허기가 모래의 심장이었을까.

순한 무릎이 지워진다. 시간을 걸었을까. 영혼을 걸었을까. 걷는 순간이 과거고 미래, 시간은 언덕 어디쯤 묻혀 있을까.

짊어진 시간으로 힘든 내게서 길의 끝을 봤을까. 시작을 봤을까. 내려놓은 누구, 짊어진 채 떠난 누구도 있겠지.

바람이 불자 재갈 풀린 입이 축축하다. 대추야자의 기억을 거둔다, 버린다. 모래노래 붉고 그림자 짙다.

밤의 모래가 푸르다. 어쩌면 이곳이 바다. 깊숙이 가라앉는 몸. 시간을 찾을 수 있을지.

신상대성 이론

늦은 밤 서울역 지하로, 노숙자들이 내일이면 허물 집을 짓는
다
안에서 짓고 스스로 밖이 된 사람들
접은 몸을 누인다

그들 옆을 걷는 나는 미안하고
그러다 불편하고
불편이 계속되면 불평하고, 가끔 정부를 향해 삿대질하다 나
는 내 시간에 골몰하고 그들은 그들의 시간에 골몰하고

$E=mc^2$, Environment란 money와 chance의 관계
어디에서 미끄러졌을까?
기회가 올 것인가?

한 방향으로 누운 발, 그들을 당기는 것이 무엇일까?

발자국 소리에 서둘러 어딘가로 향하고
—문 앞에서 서성이다 잠시 몸을 덥혀 돌아서고

[눈앞에서 사라지는 입김 같은 일]
[접은 몸을 다시 접는 일]

  막차를 타기 위해 뛰는 사람과 자신 안으로 천천히 들어가는
사람, 유리 막을 친 듯 시간이 다르게 흐르겠지

  우화되지 못한 날개 때문일까, 바람이 차다

有限한 것은 변하지 않는다

애도를 표합니다. 환한 어둠을 어찌할지 몰라 빙빙 도는 파리,
저도 괴롭습니다. 7일 동안 재단하고 조립한 투명한 상자, 신이
번복하지 않듯 저도 해체하지 않겠습니다. 파리에게 선악이 있
을까요. 알 수 없는 저는 책임 없습니다. 눈동자가 없어 다행입
니다. 한 번도 누굴 원망하지 않은 눈과 마주친다면 신이 아닌
제가 번복할 수 있습니다. 숨구멍은 만들어야죠. 경계에서 겨우
숨을 쉬겠죠. 잡고 있지만 잡히지 않는, 허공이 무덤이죠. 몸이
벽이며 출구라는 걸 알았을까요. 날개를 버리고 머리와 몸통을
버리고 더듬이를 버리고, 결국 빠져나옵니다. 죽어 가벼운 몸이
숨구멍을 통과하죠. 사라지죠.

공원에서 해바라기하던 노인들 자리싸움한다.
이제 올 수 없는 친구 자리를.

시동생

宗婦는 23살 과부다. 아래채 살던 시동생이 부인에게 말하길
"형수님 혼자 밤을 새는데 우리가 같이 자는 건 도리가 아니요.
각방 씁시다."

셰프의 살찐 손에 팁을

남국이었지 스콜이 그친 리조트, 뷔페는 훌륭했고 우리는 도
취했지
후식으로 나온 망고 젤리, 셰프의 친절에 의심하며 감탄했어
원색의 정원 아르카디아, 불안했지
창을 향해 일어서야 했어
커다란 늙은 개였어 조용히 걷고 있었지
자코메티였어
뼈와 가죽으로 존재했고 충분했지
소리 없는 혁명을 들어야 했지
소리가 어디서 오는지 알기에 침묵했어, 끌려갔지
차라리 개처럼 달려들길, 냄새를 향한 본능으로 그냥 개이길;
컹컹 짖고 쿵쿵대는
대가를 치러야 했어
셰프의 살찐 손에 팁을 주면서

大寒을 건너는 법

송이족발 내려오고 신당동 매운떡볶이 올라갑니다
송이족발 올라가고 장수피자 내려올 때 첫눈 내렸는데
한가해서 바쁘다는 송이족발 사장님
마지막 절망으로 치킨집을 내거나 택시를 몰겠지만
고향이 마지막 희망이 되겠지만
며칠째 휴업중인 지중해 횟집
비릿한 냄새 겨울을 흔들어
가로수 그림자 그물망을 치는데
깨진 보도블록은 건너도 깨진 블록
균열 사이로 빗물이 스미고, 들뜨고
결국 흙탕물이 되어
몸을 적시듯

불이 들어온 네온사인; 매운떡볶이로
大寒을 건널 수 있을까

마지막 하루, 오늘이 그날이라면

가스를 끌까 줄일까, 친구 예실이는 화장실에서 나오지 못했
는데
화장실에서 나오지 못한다면……
들것에 실려 가는 남자, 하루만 더 신자는 구멍 난 양말처럼
오늘이 그 하루일지

'오늘도 무사히' 전복된 관광버스 운이 나빴을까
소나기가 내리고 소나타가 끼어들고
급정거하는 순간, 엇갈린 운명
자리를 바꾸지 않았다면 여자는 죽지 않았을지

잘못 탄 버스에서 친구를 만나 오래 술을 마시고
엘리베이터가 고장 나 계단에서 구른 남자
우연을 피하지 못해 운명이 되는
오늘이 그 하루일지

비를 맞을 운명이라면 새로 산 우산이 펴지지 않듯
결국 비를 맞게 될까

마지막 하루, 오늘이 그날일까

다정한 침묵

소월의 진달래를 배경으로 하면 우리는 異性을 생각하지만
同性이라면?
아폴론과 히아킨토스, 히아신스 꽃잎에 시를 쓰며
공원을 산책하는 동성애자를 혐오할 수 있을까?
카페 뒤마고, 사르트르와 보부아르의 자유연애를 마시며
지성으로 달아올라
자유 평등 박애를 주문하는 당신
한국의 미혼모에게 주홍글씨를 새길 수 있을까?
쿤타 킨테를 배경으로 하면
—바다에 던져지는 병든 노예의 눈동자
지중해 보트피플을 배경으로 하면
—해변으로 밀려온 검은 시신, 하얀 동공
그들의 눈을 기억하는 당신이 외국인 불법 노동자와 마주친
다면?
생각상자……
상자가 크면 자유도 크겠지만
문득, 당신이 낯설고
다정한 그 침묵이 무슨 말을 하는지

시간과 죽음의 이중주

- 허진아의 시세계

고 봉 준 (문학평론가)

시간과 죽음의 이중주

- 허진아의 시세계

고봉준

　허진아의 시는 '시간'과 '죽음'의 이중주이다. 그녀의 시에서 인간은 시작과 끝이라는 사상을, '죽음'을 머리에 이고 있는 시간적 존재로 그려진다. 특히 현대적인 삶의 태도가 생生에 대한 우리의 감각을 '현재'에 고정시켜 놓는 반면, 그녀의 시에서 삶의 시계時計/視界는 미래적 사건으로서의 '죽음'과 과거적 사건으로서의 '기억' 사이에서 끊임없이 유동하고 있다. 시간에 대한 감각이, 인간이란 결국 시간적 존재라는 사유가 그녀의 시를 관통하고 있다. 일찍이 철학자 하이데거는 '죽음'을 인간 존재의 특이성으로 인식했다. 그에게 '죽음'은 단순히 인간의 유한성을 의미하는 것만이 아니었다. 하이데거에게 인간은 죽을 수 있는 존재이다. 수많은 생명체 가운데 오직 인간만이 죽음을 인식하면서 삶에 대해 질문할 능력을 지닌다는 것, 반면 동물은 죽지 않고 소멸할 뿐이라는 것이 하이데거 철학의 핵심 주장이다. 이 주장에 따르면 인간에게 '죽음'은 유한성을 의미하는 불행의 일종이지만, 또한 동물이 소유하지 못한 능력을 가지고 있음을 보여주는 특권이다.

　한편 '죽음'의 유한성은 인간적인 의미와 가치가 발생하는 조건이기도 하다. 모든 사람은 죽는다. 이것은 단적인 사실이다. 이 죽음의 가능성으로 인해서 모든 인간은 유한한 시간을 살게 되며, 유한한 시간으로 인해서 결단과 선택의 순간을 맞이하게 된다. 인간에게 '선택'이 중요한 까닭은 유한성으로 인해 우리가 선택할 수 있는 것이 한정적이기 때문이다. 인간에게 무한한 시간이 주어진다면, 그리하여 인간이 무한한 존재라면 그가 선택해야 할 이유가 없다. 이처럼 '죽음'은 인간이 지닌 모든 가능성을 무無로 만들어버리는 불가능성의 가능성이지만, 모든 가능성을 불가능하게 하는 가능성이라는 점에서 유일무이한 가능성이고, 그럼에도 불구하고 인간적인 유의미성과 가치의 발생을 가능하게 만드는 근원적인 가능성이다. 그런데 이 '죽음'은 모든 인간에게 공통된 절대적인 경험이면서 누구도 대신할 수 없는, 오직 홀로 맞이해야 하는 고유한 체험이며, 궁극적으로는 사유할 수는 있으나 '체험'할 수는 없는 존재론적 사건이다. 모든 인간은 '죽음'을 염두에 두고 살지만 어느 누구도 자신의 죽음을 '체험'할 수는 없다. 우리가 경험하는 죽음은 모두 타인의 죽음이므로, 인간은 죽음을 향해 나아갈 뿐 죽음을 경험하거나 확인할 수는 없다. 그러므로 인간은 죽는 존재라는 말보다는 '죽어가는 존재'라는 것이 진실에 더 근접한 표현이다.

젊음이 번쩍이는 식당, 별개의 종족처럼 노인이 자장면을 먹네
늙은 심장과 떨고 있는 손, 면발을 집는 모습이 얼마나 위대한가/
처량한가

창에 비친 낯설고 익숙한 얼굴을 들여다보며 먹을 수 있을 때 먹어
야 한다는 듯 씹고 있는 — 저 거룩한 주름들

한때 몸을 움직이던 신념이 오기였을까 종일 하는 일이란 — 징징
대는 몸,
이쪽 몸으로 저쪽 몸을 달래는 것
온몸이 심장인 듯 달아날수록 조여 오는 고통

몸이 소리친다 — 너는 나로 행복했으니 이제 나를 돌보라고

사과나무 아래 사랑과 사과 같은 자식이 있겠지만 누구도 대신할
수 없는 것 눈을 떠도 시작되는 고통, 그러나 어쩌랴 오래 살았다는
증거니 — 묵묵히 견딜 뿐

너무 짧은 시간이었나 빈 그릇을 가만히 들여다보는 노인, 창밖에
로켓 배송 택배가 지나가고…

입을 닦고 흡족한 듯 돌아보는, 검버섯이 환한 오후 — 식욕이 언제
까지 그를 위로할까

- 「화려한 외출」 전문

현대인에게 '시간'이라는 기호는 자동적으로 '시계時計 장치'를 연상시키지만, 그럼에도 불구하고 인간은 결코 시간을 객관적으로 경험하지 않는다. 행정적·관료적 세계에서 시간은 객관적인 '양量'으로 표상되지만, 일상세계에서 우리는 시간을 이미-항상 심리적·주관적으로 경험할 따름이다. 시간에 '방향'이나 '속도'를 가리키는 표현들, 예컨대 시간이 화살처럼 빠르다, 시간이 더디게 흐른다 등이 가능한 이유도 여기에 있다. 시간이 주관적으로 경험된다는 것은 그것이 연령에 따라 다르게 경험된다는 의미이기도 하다. 인간은 결국 죽는다는 사실, 혹은 인간은 죽어가는 존재라는 사실은 부정할 수 없는 진실이지만, 젊은 사람이 '죽음'을 의식하면서 살아가는 경우는 드물다. 반면 자신의 생生이 끝에 이르렀다고 느끼는 사람들에게 '죽음'은 결코 저 먼 곳에 존재하는 객관적인 것이 아니다. '젊음'과 '늙음'이라는 생물학적 조건에 따라 '시간'을 경험하는 방식은 다르기 마련이다.

인용시의 화자에게 '시간'은 '젊음'과 '늙음'으로 양분되어 경험된다. 화자는 지금 '식당'에 위치하고 있다. 이 식당은 "젊음이 번쩍이는 식당", 즉 젊은이들이 다수인 공간인데, 그곳에서 "별개의 종족"처럼 보이는 한 노인이 자장면을 먹고 있다. 식당-공간에서 '젊은이'와 '노인'이 함께 식사를 하고 있다는 사실보다 그 일상적인 풍경을 낯설게 느끼는, '노인'을 "별개의 종족"처럼 느끼는 화자의 감각 자체가 문제적이다. 즉 일상적인 풍경조차 화자에게는 시간으로, 특히 시간에 대한 주관적 경험으로 다가온다. 그리하여 화자의 시선은 노인의 외모와 내면을 왕복하면서 한 늙은 존재의 삶 전체에 관해 진술한다. "늙은 심장과 떨고 있는 손, 면발을 집는 모습" 등이 외모에 관한 것이라면, "종일 하는 일이란 ― 징징대는 몸,/이쪽 몸으로 저쪽 몸을 달래는 것/온몸이 심장인 듯 달아날수록 조여 오는 고통" 등은 내면 상태에 대한 진술이다. 이러한 '고통'은 "누구도 대신할 수 없는" 고유한 체험인데, 그것이 창밖으로 지나가는 "로켓 배송 택배"를 배경으로 전경화됨으로써 한층 비극적으로 다가온다. 모든 행복한 순간이 그렇듯이, 노인에게 '고통'에 몸부림치는 시간은 길고 지루한 반면, 자장면을 먹는 '식욕'의 시간은 "너무 짧은 시간"이다. 이처럼 허진아의 시에서 '시간'은 길고 지루하거나 짧고 아쉬운 것처럼 '가치'를 동반하여 등장한다.

  방문을 열자 바다가 쏟아진다. 시간의 어디쯤 머물고 있었는지. 바깥 공기가 해독할 수 없는 시간을 벽으로 밀자 식탁 밑에 웅크린 남자의 모습이 드러난다.

  손에 쥔 밥알 몇 개, 남자가 평생 씹은 것이 모래였을까. 모래를 끌고 다닌 몸이 바다였을까, 몸이 느꼈을 마지막 통증, 자궁을 빠져나오는 순간을 기억했을까.

죽은 지 30일 정도, 지우기 위해 지은 이름이 지워진다. 식탁과 변기, 침대를 구걸했을 몸, 몸이 자랑하던 예禮와 자비慈悲와 지식智識이 죽음을 어떤 방식으로 위로했을지.

반쯤 열린 참치 캔, 남자가 다시 바다로 들어갔을까. 웅크린 채 또 다른 죽음을 준비하며 기억을 견디고 있을지. 3월 12일 3시 45분, 검시관이 '남자의 시간'을 종영한다.

                                              ―「드라마」 전문

허진아의 시에는 마치 거대한 환유의 연쇄고리처럼 도처에 '죽음'의 이미지들이 산포되어 있다. 시의 제목처럼 만일 삶이 한 편의 드라마라면, 그것은 필연적으로 주인공의 죽음으로 종결되는 죽음의 드라마일 것이다. 한 남자가 자신의 집에서 숨진 상태로 발견되었다. 추측건대 누군가의 신고를 받고 그 집에 들어간 사람들이 처음 느낀 것은 "바깥 공기가 해독할 수 없는 시간"이었을 것이다. 이처럼 시인은 안과 밖, 즉 공간적인 단절조차 '시간'의 문제로 치환해서 이해한다. 시인에게 삶이란 무엇보다도 시간의 드라마이다. 하여, 남자의 평생, 즉 생生은 "자궁을 빠져나오는 순간"에서 평생 "모래를 끌고 다닌 몸"으로 살다가 결국 손에 "밥알 몇 개"를 쥐고 쓸쓸하게 죽음으로써 "이름이 지워"지는 시간의 흐름으로 요약할 수 있다. 이 시간의 흐름에는 당연히 우리가 알지 못하는 시간들, 특히 순간들이 촘촘하게 박혀 있을 것이므로, 시인은 남자의 죽음 앞에서 '시간'의 흔적들을 상상해본다. 시인의 이러한 주관적 시간 경험을 비웃기라도 하듯이 '검시관'은 "3월 12일 3시 45분"이라는 법의학적 시간을 통해 남자의 '시간'이 종영되었음을 선고한다. 시간에 대한 주관적 경험과 객관적 경험, 일상적 인식과 행정적 인식은 이처럼 명확하게 구분된다.

'시간 의식'이라는 철학적 개념이 그렇듯이 인간에게 시간은 주관적으로 경험되는 것이고, 이 주관적 시간 경험의 대표적인 사례가 기억이다. 우리의 경험이 증명하듯이 '기억'의 가치는 그것이 시계나 달력으로 지시될 수 있는 객관적 시간과 일치하는 데 있는 것이 아니라 과거-시간을 지속적으로 반추함으로써 과거와 현재의 관계를, 나아가 과거에 대한 가치를 불확정적인 상태로 남겨둔다는 데에 있다. 그런 점에서 기억은 변화불가능하거나 명료한 것이 아니다. 또한 그것은 '현재'라는 또 다른 시간태態와의 관계에서만 이해될 수 있으므로 그 자체의 독립적인 시간이 될 수 없다. 이는 불명확성을 이유로 '기억'의 가치를 폄하하는 일이 '기억' 자체에 대한 오해에서 비롯된다는 것을 의미한다. 시간에 대한 행정적·관료적 태도가 '기억'이 아니라 '날짜'를 중시하는 이유도 여기에 있다. 이런 태도에 따르면 '남자의 시간'은 "3월 12일 3시 45분"에 종료되었다고 말할 수 있다. 하지만 숱한 고독사의 사례들에 미루어 짐작컨대 '남자'가 주인공인 이 드라마는 객관적인 사망선고 이전에 이미 종영되었을 가능성이 높다.

오해와 달리 인간은 두 번 죽는다. 한 번은 생물학적인 방식으로 죽고, 다른 한 번은 사회적·상징적인 방식으로 죽는다. 그런데 이 죽음들은 일정한 순서대로 도래하지 않는다. 농담처럼 들리겠지만 생물학적으로는 죽었지만 사회적·상징적으로는 죽지 않은 경우도 있고, 사회적·상징적으로는 죽었으나 생물학적으로는 살아 있는 경우도 있다. '죽음'을 생물학적인 의미의 '죽음'과 동일시할 때 우리는 한 개인이 이 세상에서 경험하게 되는 다양한 죽음을 이해할 수 없게 된다. 가령 한 개인의 정신상태가 감당할 수 없는 끔찍한 사건을 경험한 사람들에게서 자주 목격되는 것이 생물학적으로는 살아 있으나 사회적·상징적으로는 이미 죽은 상태, 즉 반半주검 상태이다. 동일한 논리를 인용시의 '남자'에게 적용해보자. '남자'는 "죽은 지 30일 정도" 지나서 발견되었다. '30일'이 의미하는 바는 그가 가족이나 사회와 사실상 격리되어 살았다는 것이다. 이러한 고독사의 대부분 경우에서 생물학적 죽음은 사회적·상징적 죽음보다 나중에 온다. 즉 모든 인간은 가족이나 사회, 또는 공동체로부터 강제로 분리되어 격리되는 순간 이미 죽은 상태이고, 이때 생물학적 죽음은 사회적인 죽음을 확인하는 두 번째 죽음, 마치 장례나 매장 행위가 그렇듯이 죽음을 확인하는 절차에 가깝다.

젖은 풍경이 왜 평면적일까? 사선으로 내리는 비를 오래 읽었다.

빅 이슈 표지에 아이돌이 스트라이프로 웃고 나는 긁었던 자리를 다시 긁었다. 열리지 않는 서랍은 조금 열린 채 두기로 했다.

진딧물을 잡다 마지막 자몽을 떨어뜨렸다. [서운하다와 홀가분하다 사이에 한참 서 있었다] 흰 꽃잎이 그림자로 누워있는 베란다, 아파트에서 잘 자라는 건 인간뿐이다.

손에서 빠지는 컵을 잡지 않았다. 가끔 잘못될 일이 궁금하다.
깨진 것이 더 아름다울 때가 있나보다.

어머니 기일을 간단히 지내자는 연락을 만지작거렸다. 간단이란 말이 얼마나 말랑한지 — 죽은 사람이 산 사람을 앞지를 수 없다.
꿈에 보이지 않는 어머니, 지옥이 없는 게 확실하다.

계단을 지나 창문을 지나 식탁에 내리는 비, 젖은 밥을 먹고 청소기를 돌리고 어제 입었던 옷을 다시 입었다.

우수관 역류에 대해 관리소 안내방송이 나오고 덜 마른 수건에서 냄새가 났다.

불협화음을 구별하기 힘든 시기다.

- 「기억의 역류」 전문

'현재'가 만족스러운 사람들의 시時計는 주로 '미래'를 향해 흘러가지만, 고통으로 점철된 '지금'을 살고 있는 사람들의 시계時

計는 대개 '과거'와 '현재' 가운데 더 긍정적이라고 생각되는 방향으로 흘러간다. 후자에서 시간의 흐름은 '현재'를 부정하려는 무의식의 산물이다. 문학과 예술에서 빈번하게 발견되는 것은 '과거'를 향해 흘러가는 것, 요컨대 인간은 '현재'와 불화할 때 주로 '과거'로 돌아가 그 상처를 치유하려는 경향이 있다. 물론 어떤 사람들의 경우에는 '과거'는 곧 '상처'여서 그것이 현재를 지배하는 경우도 있지만, 시인 백석의 아름다운 시편들처럼 '과거'가 '현재'를 치유하고 견디게 만드는 치료제로 기능하는 경우는 드물지 않다. 어떤 경우이든 분명한 것은 '현재'에 만족하는 사람들은 '과거'를 향해 시선을 돌리지 않는다는 점, 오히려 그들에게 시간은 이미-항상 '미래'를 향해 나아가는 것으로 인식된다는 점이다. 돌아본다는 것은 서서히 속도를 줄이고 있다는 의미일까. 이것이 그토록 오랫동안 문학과 예술이 '미래'가 아니라 '과거'에 주목해온 이유이기도 하다.

허진아의 시에서 '과거'는 주로 '기억'의 문제로 치환되어 나타난다. 여기에서 중요한 것은 시인에게 '기억'이 '기억의 역류'라는 제목처럼 '역류'하는 것, 즉 인간 지성과 의지의 산물이 아니라 비자발적인 방식으로 '현재'로 넘쳐흐르는 '시간'이라는 점이다. 인용시에서 "조금 열린" 서랍은 이러한 불확실한 기억의 객관적 상관물이라고 말할 수 있다. 예컨대 그것은 "바람과 함께 몰려오는 기억"(「백지공포」)과 유사한 것이다. 인간은 오래전부터 스스로를 이성적인 존재라고 주장해 왔으나 프로이트의 주장처럼 '이성'으로 통제할 수 없는 것의 도래를 실감하며 살아간다. 물론 지나간 시간이 현재로 난입하는 이 시간의 가역적인 장면이 항상 발생하는 것은 아니다. 그것에는 이른바 시적 순간이라고 말하는 '계기'가 필요하다. 인용시의 화자는 아파트 베란다에서 '비'가 사선斜線으로 내리는 장면을 응시하고 있는 듯하다. 창밖의 비 내리는 풍경을 지켜보며 그녀는 문득 "젖은 풍경이 왜 평면적일까?"라고 자문自問을 하고, '빅이슈'를 읽고, 화분의 진딧물을 제거하는 등의 일상적인 행위를 한다. 그러다가 한순간 컵이 손에 빠져나가 깨진 듯하다. '컵'이 손을 벗어나는 사건은 말 그대로 우연한 사고에 불과하다. 하지만 화자는 그것에 "가끔 잘못될 일이 궁금하다./깨진 것이 더 아름다울 때가 있나보다."처럼 필연적인 이유를 부여한다. 알다시피 일상이란 지성과는 무관하게 습관의 힘에 기대어 매일처럼 반복하는 행위이다. 그럼에도 불구하고 화자가 창밖에 내리는 비를 응시하고 컵을 떨어뜨리는 사고 등에 특별한 의미를 부여하려는 까닭은 지금 자신의 심리상태가 '일상'의 궤도에서 벗어나 있기 때문이다. 그것이 바로 "어머니 기일을 간단히 지내자는 연락"을 해야 하는 상황의 불편함이다. 그 '말랑한' 말한마디가 결코 말랑하게 다가오지 않아서 화자는 일상적인 평심이 흐트러진 '불협화음'의 시간을 감당하고 있으며, 이 비일상적 시간을 통해 "우수관 역류"가 그렇듯이 지나간 시간들이 현재로 범람하고 있다. 그렇다면 "덜 마른 수건"에서 나는 불쾌한 냄새는 '기억'의 통로를 통해 되돌아온 언캐니uncanny의 흔적일 것이다.

Don't make any noise; 아무도 말을 할 수 없다

　사진속의 남자는 미라 같다 무릎을 안은 가슴은 검은 모래언덕, 녹빛일까 핏빛일까 벽과 바닥의 얼룩이 생각을 모서리로 몰고 발밑에서 쇠고랑이 일어선다 나의 흰 손과 이상理想은 불법이라고
　탄력 없는 철 침대 쇠사슬과 고문도구들, 바닥의 타일은 얼마나 많은 피의 진동을 받아냈을까 침대의 길이에 맞춰 잘린 다리는 피아노를 치고 그림을 그린 대가

Please keep the line; 아무도 선을 넘을 수 없다

- 「투얼 슬랭 박물관에서」 부분

　나보다 먼저 거울에 있는 나는 누굴까

　비밀은 피야 피를 읽을 줄 알아야 해, 피에는 비어있는 페이지가 없지

　불안으로 꽃을 세는 건 슬픔 쪽으로 흐르는 피 때문일까 하나, 둘, 셋…… 시간의 멍 자국, 재스민 보라를 오래 쓰다듬다

　행운목이 있는 곳 세상 안일까 바깥일까 행운이 운명이라면 내 피의 대가 누구에게 물어야 하나 나를 싸고 있는 시간들, 이 슬픔 내 것

일까

　내 피에 펄펄 살아있는 페이지 [내가 선택하지 않은 페이지], 나는
나를 안다고 말할 수 있을지

　시간이 몇 번 돌아 여기 있나 수많은 생일과 기일로 짠 무늬를 이
번 生이라 할까 10년 100년 1000년 알 수 없는 시간을 지금 이 순
간이라 할까

- 「피의 현상학」 부분

　인간의 삶에서 '과거'는 일상의 리듬이 깨지는 '불협화음'의
순간을 통해 '현재'로 흘러들거나, 현재 속에 이미-항상 자신의
흔적을 남기기 마련이다. 특히 후자는, 한 개인의 층위에서는
실존적인 '사건'의 의미를 지니지만, 한 공동체에게는 '역사'라
는 의미를 갖는다. 허진아의 시가 '시간'이라는 추상적 개념을
중심으로 '기억-흔적-과거-죽음'이 하나의 시간의 계열을 형성
하는 것도 이런 맥락에서 이해할 수 있다. 그리고 이 시간의 계
열로 인해서 개인적 시간과 역사적 시간 사이에 연속성이 생긴
다. 실제로 그녀의 시에는 "자작나무 밑동이 검은 건 여름 볕에
탄 상처라고"(「시베리아」)에서의 '상처', "시간은 지나온 시간을
지우고 소문처럼 가볍다 나는 얼룩을 닦는다 얼룩이 있기나 했
을까"(「수요일」)에서의 '얼룩', "시간의 멍 자국"(「피의 현상학」)
에서의 '자국', "얼룩은 왜 이미지로 남아 지워지지 않는지"(「포

르말린에 담긴 심해어는 무슨 뜻일까」)에서의 '얼룩'처럼 과거-시간, 기억-시간을 지시하는 기호들이 반복적으로 등장한다.

「투얼 슬랭 박물관에서」에서는 단순한 여행시가 아니다. 캄보디아에 위치한 이곳은 크메르 루주가 1만 6천여 명을 학살한 죽음의 장소이다. 이곳만이 아니다. 체르노빌 원전사고 이후 '거주금지구역'으로 지정되었으나 자발적인 귀환자들이 살고 있는 곳을 다룬 「ZONE」, 크메르 루주의 대학살 시기에 희생된 사람들의 유골이 안치되어 있는 왓 트마이Wat Themei 사원 내부의 유리탑이 등장하는 「검은 지평선」, 홀로코스트의 서막이라고 평가되는 '수정의 밤'을 시화詩化한 「수정의 밤」, 독일군의 레닌그라드 포위를 소재로 삼은 「고소장」등 허진아의 시에서 '과거-기억'의 한 축은 역사적 시간을 따라 전개된다. 인용시「투얼 슬랭 박물관에서」에서 박물관을 방문한 화자가 응시하고 있는 것 역시 '사진'이라는 소재 자체가 아니라 그것을 통해 개시開示되는 '과거-시간'이다. 이처럼 허진아의 화자들은 고고학자의 시선으로 도처에서 '시간'을 읽는다.

그런데 이러한 역사적 시간과 나란히 실존적·개인적 시간이 등장한다. 그리고 이러한 시간 의식 역시 "짜깁기한 얼굴이다 시간을 콜라주한 얼굴이다 기억으로 퉁퉁 불은 얼굴이다"(「얼굴」), "진눈깨비 순간 사라지다 시작과 끝, 유도 무도 아닌 유이며 무인 눈 깜빡한 시간이다"(「전언」) 등처럼 모든 대상을 '시간'의 맥락에서 해석한다. 「피의 현상학」의 화자는 '거울'을 바라보고 있는 듯하다. '거울'은 시간, 특히 실존적인 시간에 대해 이야기하기 좋은 장치이다. 거울에 비친 얼굴 속에는 복수複數의 시간들이 존재하기 때문이다. "나보다 먼저 거울에 있는 나는 누굴까"라는 질문이 함축하고 있는 문제의식도 이와 다르지 않을 것이다. 통상 우리가 거울에 비친 자신의 얼굴에서 발견하는 것은 지나간 시간들이다. 그런데 이 시에서 화자는 '얼굴'에서 '과거-나'와 '현재-나'의 관계가 아닌 '피'를 떠올린다. '피'는 '과거'와 '현재'라는 시간의 연속성을 지시하는 기호이지만 한 개인의 차원이 아니라 혈통의 관계 속에서 그것을 지시한다. 그러므로 화자가 "비밀은 피야 피를 읽을 줄 알아야 해"라고 말할 때, "내 피에 펄펄 살아있는 페이지 [내가 선택하지 않은 페이지]"라고 말할 때, 그것은 정확히 혈통/혈연의 문제로 규정된다. 화자는 "불안으로 꽃을 세는" 자신의 모습이 "슬픔 쪽으로 흐르는 피"를 물려받았기 때문이라고, 그러므로 그것은 "내가 선택하지 않은 페이지"라고 생각한다. 그렇다면 그 '피'는 누구의 것일까? 이 지점에서 시인은 혈연/혈통의 문제를 강조하기보다 오랜 시간의 흐름, 그러니까 "시간이 몇 번 돌아 여기 있나 (…중략…) 10년 100년 1000년 알 수 없는 시간을 지금 이 순간이라 할까"처럼 자신의 생生을 시간의 순환과 반복의 한 계기로 간주한다. "우리가 너야"라는 진술, 즉 '우리'라는 익명의 대중이 '나'라는 한 개인의 신체 속을 흐른다는 발상은 인간을 '시간'의 존재로 간주하는 시적 사유가 도달할 수 있는 흥미로운 지점이 분명하다.